鹿之歌

사슴의 노래

盧天命 著

盧鴻金 譯

目錄

卷一 珊瑚林（一九三八）

卷二 窗邊（一九四五）

卷三 仰望星星（一九五三）

卷四　鹿之歌（一九五八，遺作）

卷一
珊瑚林（一九三八）

自畫像

五尺一寸五分的身高，擁有不足二寸的不滿。臉孔浮腫，完全沒有特色。

看起來很冷漠，令人難以親近。

濃密的眉毛像是畫上去的一樣，似乎很適合大大的眼睛……

如果是生在前一時代，應該會受到歡迎的三段式頭髮，在醜陋的手中不像藝術品，給纖弱的身體帶來重量。只要有一點妨礙，晚上就會痛苦地睡不著覺，這種性格也造成了身體瘦弱。

緊閉的雙唇從不抒發痛苦，而是獨自吞嚥悲傷。雖然深知臉上只要再有三盎司的「肉」，看起來也會比較體面，但很難與自己不甚遲鈍的性格妥協。

為人處事不像山豬那般大膽，面對小小的流言蜚語也是膽怯而謹慎。

寧可像竹子一樣折斷
也不會像銅線一樣彎曲的性格偶爾會折磨自己。

大海的鄉愁

沉浸在記憶中的幽深藍色大海
無法壓抑將其畫下來的欲望
在陌生的天空、遙遠的海面上
今天也用飄動的雲彩撫慰心靈

現在大海那邊七月的太陽在水面上閃耀
因漫長的航海而疲憊的船體笨重的身軀
抱著吉普賽人褪色的夢在青翠的被褥上打滾
翻閱著熟悉的島嶼記憶……

耕耘青綠的田地，留下白色田壟
祈禱這個早晨也存在莊嚴的起始……
凜冽的波濤——太海的呼吸——白色的水鳥——
今天也充滿我的內心——

校園

白色洋房綠樹之中
珍珠般璀璨的午後
比起聽諾耶醫生令人發睏的課程，年輕的學生們
更喜歡看對面白楊樹上高高飄揚的旗幟

鄉愁像水波一樣湧動
飄揚的旗幟映襯著異國風情
內心摸索著沒有目標的地方

在陌生的街道上遇到了金髮少女

用深邃而熱情的眼睛
凝視異國少女
「兄弟啊！」
暗暗地伸出熱情的雙手

綠楊樹！
白洋房！
異國旗幟！
和我的制服一起無法忘懷的情景啊……

悲傷的畫

像紫色葡萄一樣生澀的風景——
廣告氣球是《亞當和夏娃時代》的照片預告
總是享受像蘆筍一般清爽滋味的新婦
乾脆在李子樹下睡了午覺

不顧針線活，只和非洲種的貓咪一起玩耍
脫下鞋子，用芭蕉葉把腳包起來
但是新婦突然想起什麼的時候

摘下紅色珊瑚項鍊
她有著哭泣的習慣，任誰都無法撫慰

歸途

不忍心看，轉過身來聽到的火車聲
比一整天山谷裡的驢鳴還要淒涼

鋪道上靜悄悄的夜霧瀰漫
脫韁的悲傷在內心滾動

令人覺得舒服的道路不會絆住腳步
身體好像要滲進土地裡

街上的梧桐樹也淚如泉湧的夜晚

故意繞了六曹前面的遠路

路上的玫瑰花開了——消失了——又重新開了

誰聽過海底的聲音

菊花祭

如果田野傾斜的山坡上沒有你
秋天該有多寂寞啊
雖然沒有人叫你女王
但你辭讓春天的花園
混在不知名的草縫中
獨自守候孤獨節氣的新婦啊

你讓人憐愛的心比蘆花更溫柔
不想隨意放置在雜亂的原野上
珍惜地摘下一束捧回來

將你遷移到桌上的花瓶裡
在那裡隨意祈求讓你開得更美
但田野裡看到的生機卻日益消失

我收起笑容的臉孔低垂
曾經燦爛的模樣卻漸次枯萎
每天清晨裝滿花瓶的清水
難道不如原野上的一滴露水？
你還是應該在荒野那深愛的泥土氣息中
隨心所欲地綻放、成長……

我在悔悟中，用顫抖的愚昧雙手
再次擁抱枯萎的你
回到高高的天空，涼爽的山坡下
將你埋葬，野菊花呀！

那裡有你的蔚藍天空
這裡有你溫暖的蘆花席子

幌馬車

火車越過如腰帶般河流上的橋梁
從這裡開始就不是我的土地了
比孩子們的游戲還要平淡

坐上幌馬車嚼著山楂吧
真想戴上卡秋莎的毛巾奔跑
今天的公爵不會跟來，一定會很無聊

我不懂這裡的語言
馬車奔馳在布滿胡人棺木的寬廣原野

但這寬廣的原野也讓我放不下心來
我不會抽雪茄
也不會吹口哨……

陌生的街道

在夢裡也沒見過的陌生街道上
因為不懂這地方的語言，所以很羞愧
我連一隻小狗都不認識
沒有人叫我來
也沒有人叫我走，真是令人心酸

在人們流淌的陌生街道
霓虹燈在密謀著夜晚
茶房的老闆娘犯睏
我連一隻小狗都不認識
沒有人叫我走，真是令人心酸

玉蜀黍

他在井邊話也很少
聽著誰去了俄羅斯哪裡的傳聞
今年的玉蜀黍也因為得了黑穗病被挖掉

看著黃澄澄的玉米哽咽著
籬笆內的匏瓜花也省略了繁雜的笑容
繡球花香氣撲鼻的夜晚
姑娘像星星一樣，吞噬了遙遠的故事

孤獨

受了一點氣的那天
我像孩子一樣哭完之後
養成了喜愛孤獨的習慣

煩亂的時候
應該說孤獨是我唯一的朋友嗎

他撫慰著我
將我帶去靜謐的思索湖畔
照亮我缺損的臉龐

孤獨反而更加可愛
也無法任意親近
看來是難以靠近的存在吧

除夕

今年的最後一個夜晚
抓住逝去的年紀，哭一場吧
緊緊抓住、糾纏
但最終還是要離去……

因為是今年的最後一夜
一手拿著蠟燭，另一隻手
拿著過去的一年生命的記錄
來到夢想的祭壇前焚燒

用意志把我放進去，用情寫進去
想要將今年生命編織完美
想編織得耀眼一些
如此粗野，沒有光澤

四月之歌

四月到來，如果四月到來……
芬芳的紫丁香盛開
拋開灰色的憂鬱
我的愛人啊，不會離開了吧
來到那個紫丁香下面——紫丁香下面
盛滿碧綠的清水，如果四月到來
微弱的脈搏裡，血液也會增加

我的愛人啊，擦拭眼淚吧
不想高唱青春的歌曲
不想讚頌四月的精靈嗎

揭開瘦削臉龐的烏雲
為了迎接四月的太陽
重新挑選玄鶴琴弦
難道不想應和我的歌聲？我的愛人啊！

秋日

從夾衣間滲入的風
帶著涼爽的氣息
高遠的天空像似用雨水洗淨的
清靜的早晨

悄無聲息地踩著
四散潮濕的落葉
離開像腰帶一樣的道路
走進草地裡

斷斷續續的蟲鳴
每一句、每一聲
都哀怨地蘊含時節的苦痛

摘下美麗染紅的一片楓葉
圍攏被露水浸濕的裙襬轉身
遠處火車聲清澈

隨想

工廠的警笛、寺院的晚鐘
在交錯的狂亂中
又一天的太陽逝去

斷斷續續、粗粗細細
如同哽咽一般，訴苦、埋怨
安靜下來吧，寺院的晚鐘聲
是永遠告別空逝的一天的哭聲嗎
還是懷抱著眼淚乾涸的空盪心靈
祭奠垂死的這一天

你對那群吶喊的人
付出了什麼，奪走了什麼
是快樂嗎？我不知道
是痛苦嗎？我也不知道
只是在弔喪今日的鐘聲響起的時候
沒剩幾張日曆的其中一張又被惋惜地撕了下來

浦口之夜

像魔術師一樣的黑暗在蠕動著
邁著沉重的步伐爬著
陰沉的天空中連星星都看不見
在海邊徘徊的水鳥叫聲
像是在尋找母親……真讓我著急

一縷清風從水面上掠過
只有岸邊渡船的燈火發睏
船工的曲調，句句悲傷
在湖水般平靜的心海裡泛起漣漪

再次傳開過去的舊調
在這大海的波濤中，我的歌聲迴盪
那浪花所到之處傳開
撞擊岩石的恆遠水聲
在我幽邃的感覺中閉上眼睛傾聽
馬山浦之夜悄無聲息地越來越深……

憧憬

我的心總在燃燒
向著什麼——

將手向著渺遠的地方揮舞吧
還可以看到手腳被綁住
我喘不過氣來而掙扎著

他很早就吹了笛子
我不知道笛聲是從哪裡傳來的
是從這裡傳來的……還是從那裡傳來的……

不知道是在哪裡，是不是我能去的地方
但是在遙遠的那個地方
好像有什麼東西一樣
我的心不停地燃燒再燃燒

像雲一般

我覺悟到我的靈魂極其渺小
連大海中的一滴水都不如
在沙丘上茫然地
像海鷗一樣久久地哭泣

某一天清晨我漫步在
被露水浸濕的綠田裡
好像太過珍貴，我折下野菊花
像雲雀一樣歌唱美麗的清晨

但是心靈苦笑
生與死，這世上所有的一切
都是無法解開的謎題
我人生的祕密又將如何

在海邊流淚
在露珠山坡上歌唱
但不知其意的這一生
像雲一般來來去去

四葉草

綠蔭——願望精靈的它
用綠色的手把我招喚出去
在樹下漫步，彷彿要尋找什麼似的
在旁邊撥開草葉的一個朋友
說要尋找四葉草
他為什麼看起來怪怪的

但是他不可愛嗎？
信任和願望，愛情和幸福
真正相信能找到的

那顆心不像孩子一樣可愛嗎？

我也跟著他撥開草葉
雖然未能尋得只要找到就會有福氣降臨的四葉草
但我將一朵不知名的小花
摘下來插在衣服前襟上

路過的人看到，說花名叫勿忘草
我將它抽了出來扔到溪邊
扔了就算了，但為什麼心裡不痛快呢……

少女

「您要去哪裡？」
未繫領帶青年的平凡問候
為何會讓她
像喝了葡萄酒一樣興奮
在不久的將來，少女的心裡
也會有人放進山豬啊

夜的讚美

生命的樂趣啊！生命的痛苦啊！
如今吶喊聲停止的夜晚
所有人都如死去一般入眠的寧靜深夜

閉上厭惡和猜忌的眼睛
仇人與摯愛共同入眠
夜是聖潔的，
在這骯髒的土地上
只有這夜晚對準星星閃爍的天空和
那潔淨——那香氣

哦！夜啊，神聖的夜啊
永遠不要睜開你的眼睛
你如果睜開眼睛，痛苦也會睜眼
夜啊，不要把你神聖的枕頭抽離
靜靜地、靜靜地入夢

故宮

風雨籠罩的五彩圍牆
破瓦片上爬牆虎藤蔓
爬滿城牆的白晝
因為立著「上下人皆下馬」的石碑而感到羞愧

華麗的夢逝去後更加寂靜的十字路口
連丹青都陳舊的宮殿前
馬路上人力車伕們午睡深沉
路過的人群中，誰都沒有提及過去

蝙蝠

蜷縮躺在牆下的無家可歸的孩子們·
每當寒風吹來時
他們就像小狗一樣哼哼唧唧，依靠彼此的體溫

蝙蝠翅膀凍住的夜晚——
青銅火爐邊母女倆的故事
讓冷掉的灰燼聚散，無法入眠
兒子緊閉的嘴唇顫抖著
嚥下眼淚離開的夜晚——那夜晚的光景
疼痛地刻在母親的心裡

隔年的夜晚，老母親
喃喃呼喚兒子的名字，流淚
年輕人離開後，這樣的夜晚已是第三次

在同一片天空，但卻陌生的某個角落
雖然埋怨祖國，卻無法厭惡
因為有著被情感的刀刃切割的沉痛心靈……

號外

真期待發生大火、發生國家級炸彈事件
一個期待發生不尋常事件的年輕編輯
從外部打來的電話
他不是殘忍的人
只是不自覺地逐漸變成悲傷的機器

當報告說那火災不是縱火的時候
年輕人的心裡很不是滋味
鋼筆疾速滑落
夾克——未繫領帶——穿著俄式襯衫的青年——青年——

新鮮又滑溜的模樣
至少想給他穿上海軍服的風采

今天那筆尖又戳了多少人啊
年輕人手記中出現懺悔的日子
那一天、那一天也許是個可怕的日子

驀進

高呼和散那的人們
路面被群眾扔擲的玫瑰弄得十分雜亂
騎馬的勇士們緊閉的嘴上
洋溢著莊嚴的笑容

他們擁有「昨日」的壯烈戰鬥
擁有珍貴的汗水
忍受疼痛，擁有和殉教者一樣的聖潔

縱然是沙粒般大的不義，也會像火車一樣駛去——擊碎

只能進行忠義的戰鬥
這是他們的宿命

「前進！前進！」的答數聲如同寒霜一般
行軍的軍人們一致靠近

他們擁有用心血刻畫的「昨日」
搖撼屋頂的天使和花束存在於「今天」
——但是為了「明天」又騎上戰馬——奔馳

斑驢

我根本無法馴服的驢子
今天也撫摸著牠的背
憤怒的眼淚在眼眶裡打轉
但還是得和你一起前去……

晚上聽著你的哭聲
因為你無法接受我的悲傷性格
我也跟著哭泣

秋天的構圖

秋天就像乾淨的種子一樣
時而明朗的表情，時而
擁有像孤獨的女人一樣悲傷的身姿
風從高粱田之間經過的夜晚
發出簌簌的聲響
野菊在月亮下顯得格外白皙
聽到對面村莊搗衣的聲音
帶著冰涼的感覺
朋友啊！我們暫時離遠一些
我想獨自安靜地關閉在
如同湖水一般的思緒中……

鹿

因為脖子過長而悲傷的動物啊
一向都是如此穩重寡言
冠角芳香的你
應該是非常高級的族類吧

凝視自己水中的影子
想起失去的傳說
帶著無可奈何的鄉愁
悲傷地望向遠山

蟋蟀

告知自己身處的地方很好——
因為這種模樣不能被看見
所以躲起來，徹夜鳴叫

也有一到晚上就和我一起鳴叫的蟋蟀
月亮越是明亮，藏得越深
今天也在那石階後面
守護著我悲傷的夜晚

無言離去

用比言語更美麗的東西敲打我的窗戶
我只是看著在沉重的靜默中痛苦掙扎的
養成陋習的兒子
生命盡頭的那個山丘是醒不過來的夢
我只想裝作沒看見，然後離去

旅人顫抖著身軀，從孤寂的山路獨自走來
我讓他進來幽靜的山間休息
他卻推辭說身體被撕裂而淌血
那條路太危險了——

在「生」的孤寂街道上，你呼喚我
但我的腿在顫抖——
不是地上的荊棘和煉獄的火焰
……只是一頭……
準備無言犧牲的溫順的羊而已

偉大的痛苦和忍耐鬱結的地方
永遠的生命方能降臨
用你織造的美麗青絲
繡在我的夢之路上，我無言而行
我只想裝作沒看見，然後離去……

夜車

從睡夢中驚醒
只見燈火獨自徹夜守候嘈雜的房間
昨晚終於開往北方的車
現在駛過遠方的哪個車站？

送別歸來，很多事情都已遺忘
讀到掛在車窗邊的國境地名時
學過的方言也突然變得生硬
只能俯視著腳尖
該說的話都沒能說出口

修女

修女院僻靜的後院
在「路德聖窟」
聖母瑪利亞像格外白皙的夜晚

握著黑色的念珠
安靜地走出來禱告的一個少女
誰能瞭解她無言的沉重心情……

手風琴

我家有一把傾聽我委屈話語的
老舊的手風琴
不知是從何處而來
也不知道是誰遺留下的

我用無力的雙手輕撫
它就會發出悲傷的聲音
哭泣過後……
內心孤獨的時候……
我就會輕撫這個手風琴

趕集的日子

買了紅棗、栗子後才過了中秋
走二十里路，去看十一日市集的清晨
小女兒哭著說我沒給她紅棗
像切糕一樣的半月在柴扉上升起
對面城隍廟的楊樹陰影可怕的傍晚
當驢子鈴鐺的聲音越過山嶺變得越來越近之時
小狗比女兒更快衝出去迎接

碾坊

人參田籬笆上南瓜花稀奇的村莊
眼睛被遮住的馬背著石磨
一整天繞著碾坊轉圈
手裡拿著帳簿的主人抽著菸

遠處村莊的雞鳴叫了半天
採摘山梨的孩子們身上散發出青澀的味道
把麥子搗好後，今天要回娘家的新嫁媳婦
明明沒有什麼，但看著紅棗樹也覺得欣喜

小車站

烈日下，菜松花輕巧
波斯菊孤獨的
小車站……

頭上戴著毛巾的蘋果女販語氣粗魯
我沒有認識的人，感到傷心

年輕夫婦帶著
穿著紅色西服的小男孩
他聽說要去外婆家，高興得跳了起來

紛伊

七月的白天，廊簷的陽光猛烈照射
算命的老先生在樹下打著瞌睡的村莊
孩子們亂哄哄地聚在一起說有人掉進河裡了

「我五歲的孩子
今天去河邊玩，結果淹死了
脫掉鞋子和衣服，人就這樣沒了」

一個女人坐在河邊瘋狂地哭著，昏了過去
「老天啊，我從來沒有做過壞事

你為什麼要把我年幼的……把我年幼的……」

年輕婦人手裡緊緊握住孩子的膠鞋
拄在地上的手臂纏著小女孩大紅裙子
坐在河邊往裡看，心裡悲傷

「紛伊啊！我買了一個香瓜，想讓妳回來以後吃
爸爸打完工回來，一定會問妳去哪兒了
如果早知道妳會這樣死去……我一定會讓妳吃好的……穿好的……」

女人

洗了衣服，收拾、縫補
為了他做了各種事情，卻不覺辛苦
很久沒有走過的散步捷徑
綠蔭在不知不覺間就如此濃密了

過去也曾經懷抱熾熱的夢想
這樣走著就會想起過去的那些日子
雖然像胭脂色的晚禮服一樣眩目，但其實很平淡
作為一個母親，女人應該像八月的太陽一樣值得信任

大麥

波濤起伏的琥珀色麥田
彎著腰的女人手裡的鐮刀閃耀
咔嚓咔嚓被砍斷後捆綁的麥團
麥秋節之喜開在白晝的山谷裡

坐轎子出嫁的那天
第一次穿漂亮的衣服，也是最後一次
雖只是在碾坊裡擦著麥粉
但比起那些吹著口哨走過的戀人，她說自己更幸福

黑紗

巨大的孤獨圍繞著我
像棉花一樣的雪花
在外面悄無聲息地堆積

像啞巴一樣的無言
要比喪家的哭聲更淒涼
哦！這悲傷的玩笑……

忍耐

當胸中鬱結的憂憤累積到如火花的分量之時
連日月都將融化，山嶽又何嘗不會燃燒
今天也只有我的心燃燒，就這樣度過一天

今日心中的火球依然焚燒
且用忍耐的熱淚活著

述懷

我想念曾在那裡玩耍的老房子而來造訪
空間依舊，但人已不是舊友
只有綠油油的梧桐樹帶著以前的光彩

無法排遣思念舊友的情懷
在院子前後散步，轉身後眼淚就流了出來
無法回到年幼的時光，令人傷感

掃墓

逝去的你
只留下懷想
又逢中秋
舊時的悲傷又湧上心頭

抱著痛楚的心情
去到你躺臥的地方
心裡真是悲涼，你知道嗎

雜草茂密

更加令人心焦

肝腸寸斷的悲痛
無法排遣
灑下熱淚
滋潤枯葉

你連我來了都不知道
如何撫慰我這悲傷的心情

舉目眺望遠山
雲霧阻絕
腳下的一簇白花
也被眼淚浸濕

輓歌

曾經走過的路上，像那天一樣，鹿來了……又走了……
巷底藥店鳥籠裡的知更鳥也在哭泣
這條街今天又有喪輿經過

搖著搖鈴，安靜地走過熟悉的街道……
在包得嚴實的黑色布條裡
已經變成屍體的你散發出氣味

想在你的喪輿上端紀念過往
用白玫瑰和百合加以點綴
用香氣將關於你的記憶包裹好

城址

因為是在生長山葡萄和獼猴桃的山谷裡長大的孩子
喜歡一個人爬山
在破碎的瓦片中撿拾舊城的往事
望著被緊閉的石門吞噬的傳說

天上白雲飄過——
年輕人的胸膛是哀愁漸深的秋天

紮著西班牙風格長辮子的
女人在回味過去的夢

其實這些並不悲傷的故事
卻讓人想和那隻蟲子一起哭泣
是啊，那時候蘆葦也變得這麼茂密
開滿野菊花的山丘——
火車朝東行駛的地方——
我默默地看著兩條鐵軌

夜啼鳥

你將落葉灑在我的窗邊
默默地站在冷月下顫抖
因為能聽懂你的心
所以今夜我一定要降下窗簾

夜鳥不會啄你的胸膛嗎
傷心的故事就別再說了

一彎月牙凍在你枯乾的手臂上
像個十六歲的少女一樣，在如此傷感的夜晚

我決定不煮茶
代之以剝下包裹餅乾的銀色紙張

國境之夜

前幾天，這個異國也出現土匪
遠處狗群不安地吠著的夜晚
空曠的房間裡煮茶的聲音
在爐邊高響……

睡意全無……
心如灰燼
整夜凝視著熱茶的煙氣
想放飛老鷹般的某種人生

啟航

輪船離開後的港口
僅剩斷裂的膠帶四處翻滾
若無其事一般……
大海再次沉默地躺下

雖然不存在魔女不祥的預言
但仍決定相隔難以逾越的大海
嚥下最後一句話……
永久告別的心其實也並不堅強
這個地區在先祖時期曾受到詛咒

是悲劇容易抬頭的地方

碧藍七月的海邊沙灘
老海螺的貝殼裡又多了一個故事

像點水的燕子一樣輕輕地……
但內心卻總是在籃子裡翻來覆去
船隻離開後，卻無法離開碼頭的心
讓大海另一邊的仲夏之夢伴我入眠

故居

如果後院的果實變紅
前山的布穀鳥就會啼叫
每年都有不同的喜鵲來築巢
前院柳樹的樹身高，總是看著牠們

山上、山下看起來十分寬廣的村子裡
歡喜地過完端午佳節……
用篝火烤著玉米吃的孩子們
立刻又打賭天上有幾顆星星

江邊飄來的腥味格外濃厚的時候
老人說晚上會下雨的天氣預報
從沒有出錯

我不太喜歡像是清晨盜賊侵入的
寂靜夜晚的狗叫聲
我總是在夜晚緊緊地埋進被窩裡

卷二

窗邊（一九四五）

路

若從松林間走進另一個松林間
會看見流淌出燈光的古宅

那裡——
有過蟲鳴的秋天
原野上還有白雪覆蓋的月夜
白色百合花吐露芬芳的傍晚
手指白皙的人
摘下花蕊

說著大門屏風上的鹿
若從松林間走進另一個松林間
現在也是
如同傳說一般
能看到古宅的燈光

擔心會想起許多故事
身體瑟瑟發抖
像鴿子溫順的內心……

望鄉

無論何時都想回去
最後還是會回到棉花美麗的
我的故鄉……

孩子們採摘栝蔞的路口
去往鶴林寺的牛車經過
白晝猴子鳴叫的山谷

還有在燈下
寫信給女兒的母親

登上玉竹山，挖光所有東西
採摘蜀葵、酸模、漏蘆、女婁菜、射乾
桔梗、馬蹄葉、楤木芽的少女們
尋找每一句話「瓜」的聲音
撥開榛子果實
少年們則愉快地聽著丟下金棒鍾離去的鬼怪故事

沒有牧師的教堂
會堂傳教士敲著講桌講道的村子
突然想念那個村莊
像是來自阿拉伯的斑馬一樣，沉浸在鄉愁中
無論何時都想回去
以後終究要回去並埋葬在故鄉

蕎麥花開得雪白的地方
背著柴捆摘下南瓜花的男孩們
說去首爾看看是自己的願望
但還是沒坐過車，守候著村子

夢見熟悉的故鄉
在茂密的草叢中
摘下野薔薇花尖，才發現是夢

流浪男歌舞藝人

我是一個在臉上塗粉
梳著麻花辮的男人

只要是頭戴草帽，身攜快板的吹打手們
吹奏嗩吶的夜晚
我就會圍上大紅裙，成了女人

就這樣借用市集的某個寬敞院子
在點著燈的布帳中
我男性的聲音就變得十分屈辱

翻過山嶺的那村莊
雖然也有想買銀戒指給她的
美麗姑娘

到了第二天就會離開她的
姑娘呀！
我流著吉普賽人的血
明天又會進到哪個村子呢？

跟在裝載我們道具的
騾子後面
抖落野草莓的露珠
上路離去的清晨

就像招聚觀眾的嗩吶聲一樣
悲歡交加

告別

母親離開的那天，風雪紛飛

姊姊戴著白色圍巾
哥哥戴著屈冠
我梳著白色髮帶拉長的麻花辮

我看著喪輿向村子告別的
最後的行禮
一點都不覺得母親
會永久離開

那麼小的個子
就好像去山裡面
在太陽下山之前就會回來似的

隔天，又隔天，我還是覺得
媽媽會回來

綠色五月

青紫色的天空
如畫在六角亭塔上一般美麗
蓮塘菖蒲葉上
女人抹布裙上
甜美的第一個夏天流過

丁香樹林中
我年輕的夢想如蝴蝶般降臨的正午
在季節女王五月的青綠色女神面前
我怎麼會感到羞愧、孤獨？

如潮水般湧上心頭的思緒
無可奈何地
眺望遙遠的天空

沿著長長的土牆，在偏僻的路上走著
思緒就會如彩虹般展開

草的味道比香水更好聞
輕拂過我的鼻子
青葡萄芽伸展出的路邊
山鷄不知在何處啼叫良久

我尋找著
野百合、單葉野菜、茴芹、蕨菜

想念失去的日子、我的愛人啊
哪怕是美麗的歌也要唱
不，哪怕是悲傷的歌也得唱吧

撥開麥田碧波
雲雀模樣的我的心
高聳入雲

五月的天空啊
我的太陽啊

初雪

把銀色的長衣拉長
白雪覆蓋左邊的村莊
我的新娘
在這個早晨到來

輕輕地走著
迎合我的習性，安靜地進來

我的心
已經許久沒有

唱過今日之歌
唱過已然遺忘的歌

來——把杯子舉高
我會將紅色的葡萄酒
倒滿你們的杯子

這美好的早晨
讓我們一起想著美好的事情吧

別責罵僕人
孩子們也別哭了

玫瑰

折斷心中的紅玫瑰
從那天起，我的心裡就有了煩惱

在你水晶般的心裡
如果我變成一點瑕疵
穩穩地生長，那該怎麼辦？

我寧願凍成冰
仰望天空，像樹木一樣高聳立著
不
像落葉一樣輕飄飄地飛走

少女

不僅臉頰像蘋果
腿像摔跤選手一樣

我悄悄地
感覺到嫉妒的心情
這就是青春向我挑戰的原因

新的一天

早安

蔚藍的天空下
屋瓦格外耀眼——

心中升起一朵玫瑰

好長時間沒有
在溫暖的情誼、笑容和興奮中再次
在人們心中覺得「希望」

愈發茂盛地生長

我現在要以湖水一般的心情
安靜地打開南向的窗戶，和水仙一起
接受「新的一天」溫暖陽光的照耀

墓地

清晨抱著黃菊花
來到墳地
正是樹葉變黃、楓葉染紅的時候

走在這條路上就此不歸的你
與其說是悲傷，倒不如說是痛苦的心情啊

白色的木牌
像悲傷的樂譜一樣散落
偶爾空蕩蕩的牛車經過的寂靜之地

如果黃昏灑下可怕的黑暗
在我心中升起的
山中的一個墳墓
悲哀像花瓣一樣飛揚

汗蒸

用破毛巾遮住赤裸身體的女人
像疲憊的人魚一樣鬆弛

如熔爐一般紅彤彤的汗蒸房裡
好像來到如火的地獄
也像墳墓裡面一樣

我喘不過氣來
在某個角落
像蠶絲一樣抽出「忍耐」

我頂著
紅彤彤的天花板
開始感到害怕

高粱黑穗

黑穗要在下過雨之後才會長好
孩子們為了尋找黑穗
像一群麻雀似地湧到高粱地裡去了

進到壟溝裡
仰望頂端

找到黑穗的時候
高粱稈都毫無例外地彎下身去

吃了黑穗的嘴巴
黑漆漆地誇耀著

村景

古銅色的手臂握著鐵耙
進入田裡整理黑土的白天
典雅的老舊茅屋的簷廊
春意盎然
籬笆外面
杏花燦爛地笑著

宴席

轎子上蓋著老虎毯子
從上村走下來

搭著涼棚的草蓆上
宴席麵條桌擺開

接過餐桌的大嬸們
用毛巾包上年糕、切糕、紅棗和栗子

在舉行大禮的院子

比起穿著長衣的新娘
我更喜歡她戴在頭上的七寶花冠

秋聲

懸鈴木的表情在何時變了這麼多

仰望天空
清淨的海邊，銀河清朗
雪花飄落在地上
我因此而驚慌

女人賦

但凡是女人
與其向美容師
學習結髮
不如向「溫達」學習「傻勁」
聰明的女人
偶爾會有不幸

真正美麗的女人啊
妳的思緒高朗
如同九月的天空一般

比起懷裡的香囊
妳的心胸更加芳香

女人當中
有著擁有像鶴一樣身形的人吧
看著她在江邊的影子
即便孤獨也無所謂

海燕知不知道
要在何處蓋房子呢？

鄉愁

五月的白天
車行過白菜花變黃的村莊
驀然
懷念起挖掘酸模的故鄉

看著異鄉的山峰
內心
隨著西邊天空的雲彩飄移

抓週

高粱糰子、白米蒸糕、大棗鬆餅、蜜糕
把糯米糕裝飾得五顏六色

書、筆、米、銀錢、金子
在堆滿寶物的週歲桌子後面
奶奶輕輕地放上麵條，祈求長壽之福
爺爺放上拉長青絲、紅絲的弓

在全家人滿面笑容的注視下
戴著福巾的孩子抓週

像蕨菜一樣的手掠過成為文豪的書本
緊握住成為將軍的弓

窗邊

結霜的屋頂
屋頂上有夜晚
在那裡面滾動著如花一般的夢想
誰家的窗戶咬了一口燈光

眼窩
像天路一樣明亮

如果在其中拾起許多故事的話
小時候遺忘的房子又為之復活

從窗戶透出燈光的屋子十分親切
越看越覺溫暖

那裡面有母親
父親也還活著
兄弟們有多幸運

心境貧寒的人凝聚雙眼
長久享受美麗的情景
溫馨的房子充滿了各種場面

和要回娘家的新娘面對面坐著的

快車的夜班車廂裡也是一樣

中年紳士尋找領帶
豐足的夫人一整天挑選東西
百貨公司的少女在疲憊不堪的閒聊中也是一樣

聽到一個小小的家庭
打糕的聲音時也是一樣

如果無所依靠的孤獨像蝙蝠一樣撲動翅膀
閉上眼睛
往前走
如果還是憂傷，那就仰望天空

同氣

在點亮夜晚的黎明
我和姊姊
感覺像是接受「聖赦」一般
我瘦削的臉頰淚如雨下

現在回想起來，依舊熱淚盈眶——
姊姊離去的日子
不知千里之路有多麼迢遙

在家家戶戶的柿子樹都紅透的南方

語氣強烈，異邦也是一樣
姊姊居住的地方
那裡一直是心裡思念的地方——

今天也收到來自南方的長信
一讀再讀那些悲傷的故事

「妳有沒有把柴火燒得熱乎乎的
為什麼把妳獨自留在那裡
風吹響玻璃門的夜晚，我卻無法成眠」

我抓著長衣
眼淚不住打轉

感謝

我能看到那
藍天和太陽
呼吸空氣
只要我能自由散步
我已經夠幸福了
僅此我就可以向神明感謝了

任誰都不知道

任誰都不知道
有些日子想偷偷地遠走高飛
上山俯視熟悉的魔術

紅辣椒像燃燒一般布滿屋頂
抓蜻蜓的孩子們的模樣
實在不忍移開視線

想一個人坐在山上半天

鹿苑

頂著暴風雪在公園裡散步
頂著暴風雪在公園裡散步

摘下紅色山茶花的花蕊
笨拙地呼喚著鹿

和鹿一起玩耍
竟然平白無故地悲傷起來
我和鹿一起照相

——在奈良公園

迎接新年

撕開雲朵，像弓箭一樣散開的
新年日光的耀眼

在擺設「新年」飯桌的多慶之家的庭院裡
在木板上縱火圍坐的
乞丐的襤褸上
都有慈愛的光芒

新春
吞噬了無數令人瞠目結舌的歷史

創造出無數偉大的歷史

現在讓我們
寄託於美好的希望
寄託於美好的夢想

夜星

是誰在天上撒了寶石
小寶石、大寶石都很美麗
燃上篝火、吃著玉米
還有數天上星星的夜晚

一顆星星，一個我，兩顆星星，兩個我
堂屋鳥在田裡悲鳴
高粱稈被晚風吹動時
看著銀河，夜也漸行漸遠

很久沒有聽到水車的聲音
故鄉天空星星升起的夜晚，思念的夜晚
南瓜花燈籠裡放進螢火蟲
這時候孩子們是否也在數算星星

夏日山中

每當麥穗隨風盪漾
在某個壟溝裡，雲雀好像要飛上天了

越過水田溝，繞過地頭
問著去東九陵的路，漸漸
像延伸到山裡的畫中仙人一般

溪水清澈悠遠
白天在雲山中聽到山雞的聲音
尋找像拖著大紅髮帶的姑娘一樣的山雞，只見杜鵑花開得通紅

傾聽綠水滴落聲音的樹蔭下
看著野百合、銀柴胡和麥稈
——我因為怕蛇，摘下葛藤插在頭上
橡子佐以豆粉
想起了那些山村的往事

不知從何處得到山雞蛋的山中
「淑」喜歡摘野菜，我覺得「松蟲」可怕——
每當碰到不足一寸長的蟲子時
都會如此畏懼，做著沒出息的事
看起來真傻
從松林中脫身而出，向第一陵行禮，然後在草地上歇腳

好像會出現千年狐狸的恆久安靜的白天
我感到一陣眩暈

卷三

仰望星星（一九五三）

仰望星星

就像樹總是朝向天空
我們的雙腳踏著地面
仰望著星星前進吧

就算比朋友
占據更高的位子
名譽比別人更傑出
還能教訓那些討厭的傢伙
但那丁點東西根本不算什麼

連一杯酒都不如的
都是些無關緊要的事
我們的雙腳踏著地面
仰望著星星前進吧

無名戰士的墳墓前

——在聯合國墓地

凶猛的狼群湧來
撲向什麼都不知道的
真的是什麼都不知道的
溫順羊群的那一天

無辜百姓慘遭摧殘
在凶狠殘忍面前，母親隱藏孩子
妻子隱藏丈夫
仰望著天空大聲哭泣

在遙遠的數千萬里之外
在美麗農場工作的這些人
在尖塔高聳的大學求學的青年們
因為憤怒換上軍裝挺身而出

來到亞洲邊陲的韓半島
撥開雲霧，推開狂風
乘坐大批軍機前來
過去異邦人的模樣
是否曾經如此令人高興
想要來拯救我們的這些人正是天使

越過太平洋，來到這片陌生貧寒的土地
在異域拿著槍守護這些不怎麼美麗
也不怎麼雄壯的建築

該有多麼陌生
每當思鄉病嚴重的時候
存在更加嚴肅的定義

現在，你成為永恆的和平使者
在東方一個角落的韓國占據小小的面積
被野菊花包裹著
被蔚藍的天空擁抱
躺在這裡

雖然我不知道你的名字
但我靜靜地將額頭貼著露珠濕透的石製十字架
以極為虔誠的心俯首行禮

韓國戰場上的無名戰士啊

安息吧！

胸前佩戴星星代替勳章

願你的道路成為維護世界和平的標幟

希望

花蕊迎風搖曳
森林恣意怒吼

如同收到你即將到來的通知一般
裙襬被草叢劃破
我出來迎接你

我連一個珊瑚簪都沒插上
連籠罩薄霧的紗裙都沒能披上
你會心醉地迎接我嗎——

我到了你即將到來的路邊

你好像馬上就會出現在那山馬廊
在綠蔭之間好像聽到了你的馬蹄聲
我的心為何突然悸動

花束在泉水中浸潤、浸潤
望著山脊，又望著山脊

雪中梅

朵朵梅花和白雪並排站立
豐滿的女人模樣極其高貴
即使在黑暗中也散發出香氣
超越美麗盛開的花朵

懷著濃郁的香氣
拒絕被種在時令的花圃
在雪中綻放的
是哪個女人熱情的靈魂

黑蝴蝶

為了躲避你奔波十餘年
路上毫無一滴可滋潤嘴唇的泉水
踢開腳下的小石頭
拚命奔跑

忽然轉過頭來
你是我的影子——跟在我後方
塌落的花瓣模樣
如同黑紗一般

我此刻
美麗地懸垂在你面前
哦——我的最後一天是什麼時候

致友人

因為是同一顆星星卜出生的女人
妳和我一起哭，一起笑
之所以為了尋找妳而走夜路
之所以在白雪覆蓋的原野上行走
都是因為可以在妳的胸膛舒展我的心懷——

我在大學校園裡遇見妳時
我的眼睛彷彿看到了新綠，瞬間睜大
牽起妳的手的那天，我的心曾如此悸動

妳和我像姊妹星一樣閃耀
看著我的人想起妳
和妳相對的人又想起了我

有的人說妳更閃耀
另一個人說我更好

如果妳和我不是站在同一座小山裡
妳不會把我推進這種地方吧
我們是如此深情

農家的新年

熱愛泥土的人們
一生都會生活在泥土之上
能望見的田地之間的青綠平原
比任何寶物都好
泥土就是如此芬芳的東西
香味染在白色的衣服上
茅草屋和睦地毗鄰而居

這個清晨，他們
裁剪了農家的新年

辭歲賦

——致辛卯年

雖不是索多瑪，但災殃降臨
像花蕾一樣的年輕人
作為活物獻祭

這個最後的晚上
你想要留下什麼之後離開？

對那些吶喊的人群
要拿什麼來安慰？

黑暗和不安瀰漫的街道
無數人的隊伍沉重地流淌著
並不是朝向迦南的美地

無一不是沒有白晝的日子
如同黑披風般的日子
曾在哪個角落裡綻放過一朵花？

我喜歡和你告別
會有美麗的話語吧？
把鐘敲響
敲響除夕的鐘聲
響徹雲霄

老舊的事物
就從城裡、城外消失吧——敲響鐘聲

北進、北進

穿過葛藤茂密的峽谷
回想起太極旗飄揚的村莊
你現在守在哪個高地？

洋槐花芳香的清晨
你的身體獻給了祖國

強忍著弱小民族的悲哀
祖國危殆的清晨
不愧是大韓男兒，前進

手握正義之劍，站在隊伍之中
今天將北進、北進——

花蕾一樣的年輕人
為了祖國，為了自由
軍靴聲高揚
永不結束的隊伍蜿蜒而過

尋找那些仇人
那些燒毀我們的首都
拉走父親和丈夫
殺死無辜人們的仇人——

「報仇吧！」
父親睜著眼睛的屍體

倒在議政府的山腳下
即使在這個夜星高掛的夜晚
軍靴聲高揚
北進、再次北進——

祖國正在流血

被斬斷的疆土今天也在流血
流著比白頭翁花更濃的血
因為是某個文件裡的罪名——

如果不是這種晴天霹靂
何必裝填子彈、聞著血腥味呢？
將妻子在映照月中桂樹的井裡打水
此類無法忘懷的村落拋在身後
奔赴戰場，因為比任何人都熱愛和平

在每一個有識之士都厭惡戰爭的世代
誰會喜歡戰爭？
像花一樣的青春，誰想把他們送到戰場？

肥沃的疆土變得滿身瘡痍
善良的百姓如同野獸般遭到殺害
祖國在流血
我們焉能不起身反抗？

因為是比任何人都熱愛和平的百姓
因為他們都是守護和平的人
所以每個人都是跺著腳奔赴戰場

傷殘軍人

——拜訪國立中央正陽院

自動低下頭
想要對你說一句溫暖的話
屢次回過頭去，站了一會，又再次凝望
在萬國和平會議上，你應該作為證據站出來

指甲掉了一片，卻差點喪命
竟然鋸掉手臂——竟然把雙腿都鋸掉——
雙眼失明——
我頭暈，渾身疼痛

這真是無法思考的事情
有勇士果敢地施行
在這裡

每當沒有腿的褲子下襬嘩啦作響時
看望的人發自內心想要敬禮
愧疚的心情像石頭一樣下壓

他不是殘廢，而是將貴重的手臂
獻給國家的人
將貴重的雙腿
獻給國家的人

任何出色的愛國演說
都無法代言失去的雙腿

請接受全民獻上的最大花圈
將一切尊榮呈獻給你

離散

無可奈何的最後時刻到來
「那我走了」

父親對家人說
「當我們再次回到這裡
即使家沒了，也要在這塊土地上見面」

孩子、大人沒有回答，只是哇地一聲哭了出來
失去太極旗的日子
就這樣無處安身

大韓民國懷念死者的模樣

機器的聲音

工廠吶喊著，搖醒市民們
已經進入了今天的行列
轟轟的機器聲、動力的皮帶聲音

就像被音樂吸引進入茶館的小姐一樣
淑伊聽到機器的聲音就興高采烈地走進工廠

白天展開翅膀，讓大家觀賞的
街上生病的孔雀
何時才能學會羞恥

馬達轉動
帳簿上記載產量
默默地成為祖國動脈的人們
今天也無言地發出雄壯的機器聲音

暴風雪

暴風雪中十字路口的人們
只因不知道該停下或前進而驚慌失措

連銅像都沒能樹立的環形路口
下雪了也沒關係

這樣的日子還是有人
必須在熾熱的窗戶裡思考事情

如果下大雪的話

蘋果花就會在我心中盛開

不能就這樣
將腳步邁向我的家

應該去什麼地方
和誰一起說說話

鞦韆

藍紗的裙子配上紅色的髮帶
綁住垂下的頭髮尾端
稀里糊塗地站在鞦韆上
真是十七歲的膽識

嘴裡咬著櫸樹葉
像黃瓜籽一樣的腳尖踢向天空
走在逐漸漆黑的小路上
總是帶著一點暈眩和興奮

五月的天空藍得發亮
這片土地上用力踢向天空的少女們的氣概
是樂浪時期的女子嗎

將鞦韆盡情拉長，再慢慢放開
就像打勝仗的勇士一樣

壬辰頌

長白山天池瀰漫著耀眼的曙光
三千里平野和溪邊
響亮的民族歌聲傳揚

每一家都製作花車
我們出去迎接龍王吧

疲憊的人們徹夜等待
臨津祥瑞的新年到來

下雪的日子

雪飄著
鐵窗外飄著雪
我心愛的雪降臨這裡
心情泰然地看著下雪的田野
我的心和雪一起奔跑

心向藍天

即便高牆阻隔
即便沉重的鐵門將我鎖住
我心靈的窗戶仍是敞開的
我不在這破衣服裡
不在這個紅色系列裡
心永遠朝向藍天——
大韓的藍天——

地獄

只有從外邊打開才能出去
誰死、誰倒下都沒有用

所有的一切都期待別人完成的地方
從一到十 真的是從一到十
唉——
原來這裡是地獄啊
吃完一個飯糰後，接下來是撲殺虱子
披散著頭髮躺臥的奶奶
三更在馬桶上瘋狂的年輕女人

斑疹傷寒患者

像爬蟲類一樣懸垂在地板上
被夾在中間的我
凝視著每一天皺紋更加明顯的手

殘月

聽覺和嗅覺怎會如此發達
哪裡有人煙，怎麼會聞到油味？
大概是想念得快發瘋了
想起母親的少女
想念孩子的母親
從每個角落傳來哭聲

我裝作若無其事
只是期待這個讓人噁心的一年快點結束
新年趕快到來

沒有年糕湯又如何？只要新年趕快到來

幽靈一般的朋友們密密麻麻地坐著

如果不是解夢的話

每天的日常怎麼就是談論飲食

用嘴巴吃高粱麥芽糖做豆糕餅

慶州大嬸又擦拭眼淚

問我什麼時候才能再做這些食物

沒有人認可的鬥士

沒有自信的勳章佩戴在我身上
這是不適合我的獎章
嚼著五等豆飯和眼淚
到了晚上，想把雙腿和手臂分開
在狹窄的床上難以入眠
每天天一亮就想出去走動的願望
這樣的每一天將我的血液吸乾
如果說這些都是有意義的才算鬥士
倒不如說鬥士值多少錢

我為了什麼遭受這些苦楚

又有誰會認可我

被紅軍的槍口瞄準
又被大韓民國的槍口瞄準
構陷我是共黨分子
甚至進來監獄
因為過於荒唐，這應該是在作夢吧
這真的是在作夢吧

如果電線徹夜發出嚶嚶聲響
我也會在牢房裡哭泣

我不停地吸著
遺留在充滿汙漬的衣服裡的故居味道
昨天也夢到我回家去了

大概是陰間

看來我是來到陰間了
這裡應該就是陰間
和外面的世界完全隔絕
沒有任何人來找我
他們確實生活在另一個世界

鐵窗之春

穿著藍色衣服的女囚
最近以來
看著窗外的習慣突然變得非常嚴重

女人的視線停留的地方
那白雪融化的位置露出了青色的艾草
幾天後

總是望著窗外的女人
生病了，突然躺了卜來

山崗

天空從窗戶投射進來
一睜眼就能看見的山崗
除了三、四棵松樹之外，什麼也沒有
今天也是除了三、四棵松樹以外，什麼都看不到

不喜歡看屋裡的風景
一整天望著山崗
如果有人經過，眼睛都會亮了起來

電線杆模樣的兩個高大的人

會不會是我認識的人？

如果胸悶就看山崗
如果流淚就看山崗
如果覺得似乎身處異鄉而悲涼，那就看著山崗
如果想念姊姊和姪子，那就看著山崗

母女的出獄

母親坐著卡車去了監獄墓地
孩子坐車去孤兒院
母女倆就這樣按照願望出獄了

母親在牢房裡生下孩子的那天晚上
風雨交加，雷聲霹靂
三年徒刑還沒服完的某天晚上
鳳花阿姨就這樣出獄了

會客

「盧天命會客」
哐噹一聲牢房門開了
再沒有比這更令人高興的話了
慌慌張張地跟在典獄官身後
腦海中浮現的親密的臉孔——

每次出現的只有
含著眼淚的姊姊的臉孔
因為既高興又抱歉
在姊姊面前低下頭

姊姊說她每天都想來監獄看我

比起話語，她為我準備更多的食物
眼淚中看不清年糕，也看不清生菓子
因為教導官通知會客結束的話語
離去的姊姊，以及我悲傷的心情
讓我無限思念姊姊

一顆豆子就是一頭黃牛

雖然不是鴿子
但我也喜歡豆子
低劣的牢飯裡一定會有幾粒

有人說這裡面的一粒豆子就像是外面的一頭黃牛
有人把鹽當作白糖一樣吃得津津有味

羨慕乞丐

房間裡所有人都羨慕乞丐
我也變得羨慕起乞丐了
討飯吃又如何
自由！只要有自由

就算只是在陽光下拿著鐵罐
他們不也是自由之身嗎
如果你問我想要什麼
我會回答

第一就是自由
第二也是自由
第三還是自由

狗吠聲

遠處傳來了狗吠聲
這像人的聲音一樣讓人高興
人煙似乎離這裡很近

如果聽著狗吠聲
就會想起家人的鞋子並排放在簷石上
那些某個家庭幸福的情景

天一亮廚房就會冒起熱氣
火爐邊燉湯沸騰

就算奶奶嘮叨那也很好

清晨的狗吠聲
捎來尋常人家的情景
在牢房裡想像的外界
盡是幸福

野獸模樣

如果關在籠子裡
可能就要變成野獸了
老奶奶和年輕女人
像野獸一樣咆哮

牢飯從房門下方遞進來時
選定睡覺位置的時候
總會大動干戈
門外必定響起「老虎」典獄官的鞭子聲

這些人、事無法躲避
監獄裡還有更慘的牢獄之災

告別

昨天讚美我，遞給我花束
對我報以雷鳴般掌聲的人
今天卻用蔑視的眼神或者無心地
從我面前走過

我為這片土地獻出青春
今天我的頭上卻戴上了頭罩

孤島也罷，乾脆去遠方吧——
讓我離開吧

船伕和我的方言不同也沒關係

如果我離開
已經產生感情的書桌會被中古商揹走
珍愛的書會變成雜物，走向市集

與我親近的人還有嫉妒我的人
舉杯吧，你們和我之間
讓我們高舉最後的告別之杯

友情、信義這些東西
都不復存在
把它們扔給老鼠吃吧

我想把所有禍患的根源——我的名字

撕成碎片扔進海裡
把我送到某個遙遠的島嶼上

回首凝望流著淚的臉龐
我將離開這裡
狗吠的村莊啊
公雞報曉的村家啊
保重

星星還在
還能看見天空
如果那裡不是自由被囚禁的地方——

成為沒有名字的女人

我想走進一個小山溝
成為沒有名字的女人
葫蘆藤長在茅草屋頂上
在參田裡種下黃瓜和南瓜
用野玫瑰編織籬笆
貪心地把天空放進院子裡
夜晚盡情擁抱星星

貓頭鷹鳴叫的夜晚我也不會孤單
火車經過的村莊

吃著銅盆裡融化的高粱麥芽糖
和善良的人聊著狐狸生活的山溝
直到夜深
一提到
獅子狗對著月亮吠叫
我比女王更幸福

妻子

撫摸著吃奶的孩子的頭
媽媽無精打采地嘆了口氣
「孩子啊！爸爸什麼時候回來」
嚥下奶的孩子趕緊撓了撓頭
牆上的野菜乾在寒風中飛舞
女人的腦海裡
想起了丈夫發皺的睡衣

除夕夜

遠行的家人回來了
豐盛地準備飲食的節日
卻也有人回不去自己的家
只能仰望遠方的天空，站立的身影如同柱子

星星高高升起
每一顆都成了家人的臉孔

「姬」啊，新年到了
我回去的那天，妳也做年糕釀酒吧

卷四

鹿之歌（一九五八，遺作）

春天的序曲

是誰來了？怎麼這麼鬧哄哄的？
木匠量著木板哼著歌

街道樹的綠光
無一不是收到了新衣服

善良的朋友們湧向街頭
女人為什麼會這麼吵鬧呢？

我因為葡萄感到眩暈

三月的陽光下，所有凋零的東西都獲得新生
大麥散開潤澤的頭髮
風任意地抓住它竊竊私語
不知從哪裡飛來一隻雲雀
留下杏仁
看來要蓋上一層淡淡的粉紅色面紗

美麗的清晨

玫瑰在我心中毫不留情地被撕掉
因為完好無缺，我呆呆地站著

泥風撒下沙子
哈哈大笑地跑開
這個時間好像有人在哪裡哭著

那些黎明被埋在山谷底下
戀人早已跳起蛇舞
我打消了用舌尖扎刺的念頭

人們如今已經被埋在
鐘聲也無法喚醒的邪惡之花中

我不自覺地在此地犯錯
別人也因為我而犯罪

聖母瑪利亞啊
請驅散這沉甸甸的臨終之夜
還有美麗的清晨

每個人都是罪人，所以跪下——
每個人的臉頰都流著懺悔的眼淚——
請帶給我們美麗的清晨

暈船

在不知何時出發的
三等船艙裡
我似乎快要窒息
胸膛鬱悶
能到甲板上就好了
但我口袋裡沒有紙幣，只有稿紙
用毛巾捂住嘴，處於瀕死狀態

那個
船上有小偷啊

像是來自海底的
小小的蚊子聲音
我聽到這些話的時候
還是覺得反胃
眼睛究竟要看哪裡才會好一些？

六月的山坡

洋槐花盛開的六月天空
非常美麗
像摺疊遮陽傘一樣
決心往那裡面走去

在這人潮中
孤獨立刻凍成寒冰模樣
是什麼原因呢？

麥田裡的罌粟花非常美麗

從清晨到夜晚
沒有人可以訴說
像摺疊遮陽傘一樣
決心只往那裡面走去

終於知道
玫瑰不學說話的理由
也聽懂了
鹿不說話的緣由

洋槐花盛開的六月山坡
竟是如此美麗……

落葉

昨夜我走到樹下
看到它們開會的情景

像懸鈴木、白楊一樣抖動
發出可怕的聲音

走到外面，一絲風都沒有
彷彿睡著一般安靜的夜空——

昨天晚上如此吵吵嚷嚷

早晨為了不讓腳背看見
飄落著枯黃的葉子

枯萎的葉子飄落
原來開了那麼嚴肅的會議

看來沒有一個鬥士能戰勝冬天
懸鈴木的秋夜會議
非常嚴肅

獨白

不知從何時起，夜晚已無法成為安息的時間
睜著眼睛——
像夜貓子一樣睜著眼睛清醒的夜晚

就算聽到鐘聲也覺得厭煩
像海草一樣變軟的靈魂啊

因為吊燈下面黑暗
我找不到珍貴的鑰匙
凝視著像手帕一樣皺巴巴的今天

半夜像夜貓子一樣起身坐著
感受到降落傘的眩暈
舞會什麼時候都會累得暈倒

在夢裡，我似乎一點力氣都沒有
在淤泥中
寸步難移

星星再也不能成為我的朋友
在連一根草都長不出來的空曠原野上
戰鬥機在空中盤旋的眩暈症
玫瑰色的清晨漸行漸遠

回憶

南山和北嶽整夜哭泣
讓我無法成眠
這是翻天覆地的巨大悲傷啊

華麗的都城在一夜之間
被無禮的軍靴踐踏
微弱的白石燈化為小丑模樣
臉上塗滿顏料，尷尬地站了出來

在巷子的小路上和商店前

撿拾起曾經和朋友們一起說過的話
正如沿路撿菸頭的人一般的遺憾

就像街路樹都死去一樣，站立在恐怖中瑟瑟發抖
身邊連一個親近的人也看不到的悲傷街道啊
所有器官都停止運轉的死亡街道啊！
就算被狗崽子叼走，也沒有一個朋友回頭看望

南山和北嶽整夜哭泣
讓我無法成眠
這是翻天覆地的巨大悲傷啊

南大門地下道

蠕動的不是地上的蟲子
而是天上的兒子們
層次事實上是千層萬層

「買鋼筆吧」
「這是今天早上的報紙」
「買橡皮筋吧」
下一個還沒來就暈眩了

腿，腿，腿

狂風肆虐的
像雨絲一樣的腿
像陣雨一樣經過

像蟾蜍一樣趴著的是
賣麵包的老頭兒
他可能是想起了故鄉的蘋果園

早晨陽光也照不進來的地下通道
如果蝴蝶飛來，將會喘不過氣來的地方
不多的欲望
頭上頂著戰車
他們在作秀

五月之歌

大麥披散著澤潤的頭髮
樹林間的杜鵑花敞開了胸口

尋找美麗的傳說
鹿咀嚼著華麗的孤獨
像不老草一樣的午後思緒今天也在奔跑

唱著唱著嗓子就啞了
只有山中迴響的名字——

何時才能一起走上花路
天空蔚藍，所以更加寬廣
最後的玫瑰是為誰準備的？

天上落下雨水吧
並且颳起暴風
這五月的中午我不能就這樣離開

無法背棄

不管誰說什麼
我不能背棄這片土地
抱著燃燒的心
今天也依舊
馳騁在麥田平野
善良的男人耕田
他母親頂著中午的飯來到田裡
想親吻有水芹菜味道的泥土

不管誰說什麼

我不能背棄這片土地
怒視的目光
用五月的綠葉清洗

秋風之歌

秋風簌簌吹來
聽見神驅趕的空馬車的聲音
怎麼回事
我的心凍得冰涼

「人生苦短」
今天早晨這句話
像箭一樣射來，扎進我的心裡
我疼得無法動彈

黃昏時刻逼近
每一天都是像黃金一樣的日子
也許青春就是那麼美好的東西吧
戀人們不必吝惜

在逝去的生命山坡上
你會與美麗的花叢相遇
任意坐一坐再走
別人說什麼都無所謂

有想做的事即使熬夜也要把它完成
聰慧不是始終能擁有的
我黃金般的日子一天天地消失
也不會有能鎖住的象牙塔

落葉敲打著我的窗戶
好像錯過了班車時間的乘客，有些慌張
今天神是不是要對我說
青春是如此燦爛

三月之歌

三月到來，如果三月來到這片土地
山谷間如野火蔓延
杜鵑花蕾綻放
我們心中湧動的
三一精神——民族的脈搏——

三月到來，如果三月來到這片土地
在山間，布穀鳥啼叫
自然的曲調流淌在溪邊
響亮的民族之歌，三月之歌

為了尋找祖國的獨立，曾有過艱辛的戰鬥
籬笆裡的紅桃花是柳寬順的靈魂嗎？
三月是壯烈的月分，是這個國家美麗的月分
大街小巷
獨立精神震蕩的月分

行走花路
——四月的祈禱

那個冬天都過去了
去爬山的孩子們手裡拿著白頭翁花
倚著柴門站著
眺望著杜鵑花茂密的前山
大孩子的心胸像波浪形狀的彩虹一般膨脹
四月，大孩子的夢想像彩虹一樣燦爛

不知為何，在這個春天，三八線裂開
出門的他好像就要回來
「我走了」

非常生動地，至今似乎還在耳邊盤繞
穿著軍裝的模樣
怎麼會那麼神采奕奕、這麼好看呢？

自從他走上最前線之後
新聞、電影裡的軍人都是
跟他一樣，令人興奮

主啊
這個春天一定要帶來統一
唯有如此
走在杜鵑花盛開的花路上
讓勝利的他回返故里

拂曉

將聲音傳遍全世界
教堂的鐘在響
教堂的鐘聲已經響了數次
在黑暗中聽到
清晨去做彌撒的人們忙碌的腳步聲

鳥兒在天空下
似乎忘記了昨夜的痛苦
客棧的客人們忙著整理行囊
期待已久的早晨來了

頂著凜冽的晨風
每個人都在喜悅中
踏上路程

今天

被什麼追趕呢
趕進死巷，趕進死巷
我好像被追趕著

跟著我的不是債主
也不是瘋狗
更不是仇家

夜晚的安息像千年歲月覆蓋一般悠遠
我的心站立在十字路口

在噪音中，神經毫不留情地震動
我的眼睛疲憊，血管凸起

夜晚天花板上的一隻蜘蛛
也可以漂亮地威脅人

我被什麼追趕呢
把我趕進死巷
不安的日子像陌生的車站一樣迎面而來
無法擺脫的焦躁和憂愁
如四月的新綠
鬱鬱葱葱

鹿之歌

天空著火了
天空著火了

我實在是哭不出來
也不能像獅子一樣凶猛
更無法以美好的思緒中傷別人

帶著我的星星
只是像死亡一樣悽慘
扯掉佩掛在胸前的玫瑰

我的悲傷無以言喻，像佩戴黑紗一樣淒涼
還不如離開認識的人
像鹿一樣奔跑

孤獨如城牆一般圍繞著我
漆黑的陰暗很快襲來
也沒有月亮，主啊！

下雪吧，也下雨吧
扯掉胸前玫瑰的日子
悲傷真好
天空著火了
天空著火了

軍神頌

一大清早，大日本特工隊
在南方巨浪之上
如彗星般莊嚴地墜落

正如戰爭國家的街道
穿過十字路口
仰望十二月的天空

懷抱著魚雷，用身體
擊碎敵機的勇士們的臉龐

在天際像玫瑰一樣盛開
像聖座一樣聳立

勝戰之日

街頭巷尾，日本國旗掀起波浪
亞洲民族的大喜日子！
今天讓新加坡淪陷的這份激動

美麗的姑娘們，採摘花朵吧
給南洋弟兄們送上一束花吧
放飛鴿子吧

因為眼睛大而悲傷的兄弟們
你們世世代代侍奉的英國美國

今日被世世代代加以驅逐

把橡膠樹枝折斷後出來吧
戴著棕色的葉子出來吧
久違地敞開心扉大笑吧

那悽慘的砲聲停止了，在空中
塗著日本國徽的飛機在陽光下閃耀的清晨
南洋的島民們高呼萬歲，接受和平吧

（一九四二）

士兵

士兵登上戰車之間
我無故地覺得高興
弟弟現在也是穿著這一身服裝嗎

我老是盯著士兵
我仔細盯著士兵

士兵的眼睛變成我弟弟的眼睛
士兵的鼻子變成弟弟的鼻子
士兵的嘴變成弟弟的嘴

我現在
看著我弟弟

婦女勞動隊

出來縫製軍裝的女人
走向婦女勞動大作業場
頭上綁著白毛巾
忙碌搬運的白手是蝴蝶嗎
被子彈打穿的地方
用手撫摸著
腦海中浮現出被子彈打中的情景
熱淚盈眶

每一針都在祈求武運

以日本的名譽出征的人
好好戰鬥，立下戰功

思想著國家，姊姊和母親的美麗真誠
今天依舊在散亂的軍裝上綻放花朵

（一九四二）

給年輕人

昨天安靜的街道
今天路人腳步沉重
十二月降霜的月下
每一張撒落的號外
每一個擔心國家而緊張的市民們
帝國終於向
世世代代蹂躪我們的老英國
以及混血兒美國宣戰
為了正義、為了建設大東亞
我們的年輕人脫掉制服

走出充滿感情的校園，走上戰場
為了祖國，為了人類永遠的和平
在他們年輕的心中，紅心像玫瑰一樣綻放

我們一定要勝利
戰敗國的悽慘
你知道嗎
你看不見嗎
我們一定要勝利
兄弟啊，這片土地上的年輕人啊

亞洲忙碌的早晨來臨了
起床吧
走向那響亮的號角能聽到的地方
我的年輕人啊

你不想像個男子漢一樣奔跑嗎
我的年輕人啊
你不想像個男子漢一樣奔跑嗎

（一九四二）

祈願

神社的清晨
院子裡的雜草繁盛，像梳過一般整齊
有一個虔誠地合十祈禱的女人

是祈求日本和全亞洲武運的清淨早晨

母親聖潔的真誠
妻子的懇切祈願
為了父親感到自豪的心⋯⋯
在同一時間，各處有神社的地方

這種美麗的情景都在進行

（一九四二）

安魂歌

椰子樹茂密的樹林間
像蘑菇一般覆蓋白色的墓碑

東洋正義之花在南國盛開

想想無數流下鮮血的軍人
感恩的心，真誠感謝的心——

激動之情溢於言表——

為祖國英勇的青年
為正義而燃燒的勇士

在南方的天空下
好好休息吧
弟兄們，安心地好好休息吧
如果我去南方，一定會在你們的墳墓上
撒上一束花

（一九四五）

給出征的弟弟

「專科生總動員令」
當我們拿到報紙的瞬間
你和我都失去了言語

這裡曾有過更嚴肅的時刻嗎
在你沉默的嘴角，我發現到奇異的正氣

創造亞洲新歷史的日子
帝國也呼喚朝鮮的青年學子參加

拋開一切——

你的「青春」、「夢想」、「愛情」
將你擁有的美好事物完全拋棄——
你為了祖國完美地奉獻
崇高的瞬間啊

這是世上最神聖的事啊

沾滿你髮垢的帽子
充滿你體溫的制服
每一頁都有你筆跡的大學筆記
姊姊會好好珍藏
每個夜裡都拿出來看
日復一日
祈求祖國的武運

（一九四五）

質樸、陰鬱與悲涼
——關於盧天命的詩

盧鴻金

受「親日詩人」的分類影響，位於韓國京畿道高陽市天主教墓地的盧天命墓地沒有任何指示標誌或紀念文案。如同露出身軀的古代石棺墓，僅以長石代替寶頂，與她的姊姊並排而葬。韓國書法家金忠賢的字跡淒涼地刻在墓碑上，內容是〈告別〉的結尾部分，可謂與其遺言無異。

回首凝望流著淚的臉龐
我將離開這裡
狗吠的村莊啊
公雞報曉的村家啊
保重

星星還在
還能看見天空
如果那裡不是自由被囚禁的地方——

盧天命一九一二年出生於黃海道長延郡順澤面碑石浦里，一九五七年因白血病去世，是一位詩人兼隨筆家。她畢業於真明女子高中和梨花女專英文系（第八屆）後，先後在《朝鮮中央日報》、朝鮮日報社《女性》編輯部、《每日新報》等報社擔任記者，解放後在《首爾新聞》、《婦女新聞》等工作了十三年，韓國戰爭後則在中央電視台工作。她生前出版了詩集《珊瑚林》、《窗》、《仰望星星》，遺稿詩集《鹿之歌》在死後出版。

《珊瑚林》是盧天命的第一本詩集。一九三八年她自費出版該詩集，內容收錄了代表作〈鹿〉、〈自畫像〉、〈大海的鄉愁〉、〈校園〉、〈蟋蟀〉、〈國境之夜〉等代表性作品。

〈鹿〉一詩奠定她在韓國現代詩壇上的地位，從該詩可看出盧天命的詩性特色，也可看到她經常使用的「自畫像」技巧。

因為脖子過長而悲傷的動物啊
一向都是如此穩重寡言
冠角芳香的你
應該是非常高級的族類吧

凝視自己水中的影子
想起失去的傳說
帶著無可奈何的鄉愁
悲傷地望向遠山

她雖被歸納為親日派文人，但〈鹿〉一詩獲得相當高的評價。如果說支撐盧天命初期詩世界的兩個支柱是鄉愁和孤獨，那麼該作品即為包含這兩種因素的代表性實例。

在這首由兩聯八行組成的簡短作品中，盧天命以鹿為媒介描繪其自身。亦即，該作品的中心——鹿雖意味著鹿本身，但也意味著詩人自己。甚至可進一步說，該作品中的鹿可能意味著擁有生命的一切生靈。從這個意義而言，該詩不僅描繪了鹿和詩人的自我描寫，還象徵性地描繪了所有擁有生命存在的自畫像。詩人書寫的鹿的形象似乎極其文雅，默默地站立在原地，但其中卻不知何故地包含悲傷的表情。詩人從鹿身上發現了芳香的冠角，推測出與悲傷的表情不同，實際上是非常高級的存在。在第二聯中，沉浸在悲傷和孤獨中的鹿將水當作一面鏡子，開始讀出隱藏在其中的自己幸福的過去。因此，鹿回憶起與現實形成對比的過去，沉浸在深深的鄉愁之中，內心再次被不可避免的孤獨、悲傷所占據。

盧天命將吉普賽人的血液、不馴服的騾子、悲傷的鹿、貧窮、不妥協的傾向、無法再生的腦貧血等表現視為自己命運的折射，投影當時那個十分不幸的年代。

第一本詩集收錄的作品可分為四種類型，分別是第一：回憶童年，表現出鄉愁的情感。第二：對故鄉人情的風俗和風物表現出濃厚的興趣。第三：在回顧自己人生的同時探索人類存在的本質。第四：表現愛情，孤獨和思念之情等。在該詩集中，雖然處處都有無法節制的感傷痕跡，但是詩人以極其細膩的感性凝視自我，描繪了這個平庸無奇的世界。

盧天命詩人的第二本詩集《窗邊》是在韓半島解放前的一九四五年二月由每日新報社發行。包括吟詠「無依無靠的孤獨」的〈窗邊〉在內，將兒時的故鄉記憶在鄉土的抒情詩中青澀地加以呈現的〈村景〉、〈望鄉〉、〈綠色五月〉、〈宴席〉、〈高粱黑穗〉等作品收錄在該詩集中。特別是該詩集收錄的〈流浪男歌舞藝人〉在呈現藝人無盡的流浪和孤獨意識的同時，擺脫了懷舊詩意，出色地表現出努力存活的心理，因此被評價為另一個具有意義的代表詩作。

我是一個在臉上塗粉
梳著麻花辮的男人
只要是頭戴草帽，身攜快板的吹打手們
吹奏嗩吶的夜晚

我就會圍上大紅裙，成了女人
就這樣借用市集的某個寬敞院子
在點著燈的布帳中
我男性的聲音就變得十分屈辱

翻過山嶺的那村莊
雖然也有想買銀戒指給她的
美麗姑娘

到了第二天就會離開她的
姑娘呀！
我流著吉普賽人的血
明天又會進哪個村子呢？

跟在裝載我們道具的
驟子後面
抖落野草莓的露珠
上路離去的清晨

就像招聚觀眾的嗩吶聲一樣
悲歡交加

一九五三年三月三十日，在釜山避難地設有臨時地址的希望出版社發行了盧天命的第三本詩集《仰望星星》。詩人在該詩集的序文中寫道，該詩集收錄了在韓國戰爭期間因涉嫌通敵而遭囚禁的獄中詩作，也刊載了第一本詩集和第二本詩集中的幾部自己滿意的作品。與第一本和第二本詩集相較，詩人的心情因城市取向的孤獨而陷入沉寂，對經歷戰爭的事件感到憤怒、怨恨，因而創作出在現實中受到傷害的作品，這些作品也吸引了讀者的視線。尤其是在涉嫌通敵而被關押的期間，創作出在獄中經歷痛苦的數首詩讓讀者感覺心痛。盧天命以這些詩表達自己的委屈和自嘲，也因此《仰望星星》收錄的詩作中大部分都是獄中詩。以「我想走進一個小山溝／成為沒有名字的女人」起始的代表作〈成為沒有名字的女人〉也是她在監獄中寫下的作品。

我想走進一個小山溝
成為沒有名字的女人
葫蘆藤長在茅草屋頂上
在參田裡種下黃瓜和南瓜
用野玫瑰編織籬笆
貪心地把天空放進院子裡
夜晚盡情擁抱星星

貓頭鷹鳴叫的夜晚我也不會孤單
火車經過的村莊
吃著銅盆裡融化的高粱麥芽糖

和善良的人聊著狐狸生活的山溝
直到夜深
一提到
獅子狗對著月亮吠叫
我比女王更幸福

《鹿之歌》則是盧天命的第四本詩集。在詩人去世一年後的一九五八年六月十五日，由翰林出版社出版。收錄作品包括標題詩〈鹿之歌〉、〈春天的序曲〉、〈美麗的清晨〉、〈六月的山坡〉、〈落葉〉、〈行走花路〉、〈拂曉〉、〈今天〉、〈獨白〉、〈回憶〉、〈南大門地下道〉、〈五月之歌〉等作品。《鹿之歌》與初期詩集《珊瑚林》或《窗邊》的詩一樣，表現出細膩的感覺和悲哀意識。

扯掉佩掛在胸前的玫瑰
我的悲傷無以言喻，像佩戴黑紗一樣淒涼

還不如離開認識的人
像鹿一樣奔跑

與《鹿之歌》相反，在〈美麗的清晨〉、〈拂曉〉等其他詩篇中，可以瞭解盧天命在信奉天主教之後的宗教信仰和懺悔世界，也表現出猶如摧毀一生宿命般孤獨的虛無意識。

分析盧天命的作品，她以富有女流氣息和智慧的詩風為主，吟詠人生的苦惱和現實的冰冷。她的詩作克制感傷、呈現理智，可說是韓半島殖民地時期的代表性女性詩人。

她初期的作品呈現出一貫的節制感傷、哀愁清純的情緒，在犀利的感觸下，寫出極其動人的抒情詩。這意味著在韓國現代詩歷史中，她在最初的「女性詩」上做出了巨大貢獻。

她中期的詩作與初期相比，更加充滿了柔和、樸素的懷舊情緒。但她剛直的氣質和孤獨的情懷也在詩中表露無疑，可看出她細膩而脆弱的靈魂沒有承受現實的勇氣和應有的從容。

而在她的後期詩中，開始呈現多種情懷的書寫，包括對於現實的冷眼旁觀、獄中的苦惱、人情的煩悶，在在令人心痛。而她在人生後期信奉天主教，才開始觸及宗教懺悔的境界。在她如玉石般冰冷的詩裡，當溫暖的情懷開始萌芽時，她也隨之離開人世。

盧天命的夢想節制不僅僅停留在作品上，甚至影響到她的人生道路。她始終不妥協於現實和命運，甚至放棄了婚姻，在孤獨和自虐的道路上，只專注於詩作。這種絕望感和失落感讓她大部分的作品令人感受到暗鬱，對失去過往的鄉愁以詩作的鋪陳代言韓民族對日本帝國主義的反抗。

歸納盧天命寫下的詩，可以由三個方面來觀察：

第一、她以自我為中心的情緒進行創作，特別是以針對孤獨的深度表達最為明顯。在〈鹿〉、〈自畫像〉等大多數傑作中，經常能看到此特徵典範的佐證。但是她的創造性並不侷限於孤獨或悲傷的單純表達，而是透過這種感情表現，努力克服更加深邃的自我。她不僅描繪出存在論，還進行了本體論的意識書寫。

第二、她從自己的農村生活中客觀地呈現出鄉土情景。她有許多詩作出自農村生活，此特徵相當值得關注。在傳統文化和民俗中創造出的這些作品大多結合了對故鄉的思念和對兒時的懷舊之情，在此背景下寫成的〈趕集的日子〉也是她最知名的作品之一。詩人通過詩作描繪出農村的艱難歲月，與她同齡的韓國人大都經歷過田園生活，因此對她描繪的世界不僅熟悉，而且容易產生共鳴。時至今日，她以兒時故鄉的懷舊之情所寫下的作品仍然廣受好評。

第三、反映歷史性的家國意識。此點雖與前述內容截然不同，但也最能清楚呈現盧天命在日本帝國主義統治末期的活動情況。她曾擔任親日報紙《每日新報》的記者，還以正式的日本代表團身分，前往被日軍占領的中國東北地區旅行。更出版了許多讚揚日本占領、標榜積極支持的親日詩作。解放後，她被烙上親日賣國賊的烙印，韓國戰爭爆發後停留在首爾的她參加了親北韓的「朝鮮文學藝術總同盟」，後來被逮捕，以叛國通敵罪名被判處二十年有期徒刑，但在眾多詩人的努力下，六個月後獲得釋放。儘管如此，這些經歷還是對她的生平和作品產生了極大的影響。在她後期的作品中，可發現許多與歷史、國家意識密切相關的作品。這些詩是在她生前發表的，與以前的作品有著相當大的距離。她將協助日本的經過和監獄的生活寫進詩裡，也讓讀者瞭解到她的政治傾向其實極為多變，依據統治者的更迭而有不同的認同，這也是她必須承受的生命軌跡。

盧天命詩人無疑是日本帝國主義強占時期以及解放前、後代表韓國詩壇的優秀抒情詩人之一，但是她寫下親日詩的事實也不容隱瞞或否認。因此，在評價盧天命詩人的作品時，與其抹去其親日的痕跡，不如勇敢地擁抱她的作品世界，這才是最正確的方式。亦即，在歷史的長河中，作為未能避免、抵抗日本帝國主義，進而表現出政治傾向動搖的不幸知識分子的典型，應該予以真實描述，因為文人留下的足跡必然會接受同時代或後人的嚴格檢視。

INK PUBLISHING
文學叢書 704

鹿之歌

作　　者　盧天命
譯　　者　盧鴻金
總 編 輯　初安民
責任編輯　林家鵬
美術編輯　陳淑美
校　　對　林家鵬

發 行 人　張書銘
出　　版　INK 印刻文學生活雜誌出版股份有限公司
新北市中和區建一路249號8樓
電話：02-22281626
傳真：02-22281598
e-mail：ink.book@msa.hinet.net
網　　址　舒讀網 www.inksudu.com.tw

法律顧問　巨鼎博達法律事務所
施竣中律師
總 代 理　成陽出版股份有限公司
電話：03-3589000（代表號）
傳真：03-3556521
郵政劃撥　19785090 印刻文學生活雜誌出版股份有限公司
印　　刷　海王印刷事業股份有限公司

港澳總經銷　泛華發行代理有限公司
地　　址　香港新界將軍澳工業邨駿昌街7號2樓
電　　話　852-2798-2220
傳　　真　852-2796-5471
網　　址　www.gccd.com.hk

出版日期　2023年 6 月　初版
ISBN　978-986-387-649-6
定價　360元

Published by INK Literary Monthly Publishing Co., Ltd.

國家圖書館出版品預行編目(CIP)資料

鹿之歌／盧天命 著；盧鴻金 譯
--初版. --新北市中和區：INK印刻文學，2023. 06
面； 14.8 × 21公分. --（文學叢書；704）
ISBN　978-986-387-649-6 (平裝)

862.51　　112003786

舒讀網